世界大作家儿童文学文库

睡吧，睡吧，睡吧

[俄罗斯]马明－西比利亚克 著

黄衣青 译

图书在版编目（CIP）数据

睡吧，睡吧，睡吧 /（俄罗斯）马明-西比利亚克著；黄衣青译. -- 北京：天天出版社，2024.3
（世界大作家儿童文学文库）
ISBN 978-7-5016-2241-2

Ⅰ.①睡… Ⅱ.①马…②黄… Ⅲ.①童话-俄罗斯-近代 Ⅳ.①I512.88

中国国家版本馆CIP数据核字(2024)第034948号

责任编辑：董 蕾　　　　　　　　**美术编辑**：丁 妮
责任印制：康远超　张 璞

出版发行：天天出版社有限责任公司
地址：北京市东城区东中街42号　　　　**邮编**：100027
市场部：010-64169902　　　　　　　　**传真**：010-64169902
网址：http://www.tiantianpublishing.com
邮箱：tiantiancbs@163.com

印刷：北京鑫益晖印刷有限公司　　　　**经销**：全国新华书店等
开本：880×1230　1/32　　　　　　　　**印张**：2.75
版次：2024年3月北京第1版　　　　　　**印次**：2024年3月第1次印刷
字数：29千字

书号：978-7-5016-2241-2　　　　　　　**定价**：28.00元

版权所有·侵权必究
如有印装质量问题，请与本社市场部联系调换。

目 录

开场白 …………………………………… 001

麻雀、鲈鱼和快乐的扫烟囱工人雅沙… 003
长嘴蚊子和短尾巴蓬毛熊 …………… 025
长耳、斜眼、短尾的勇敢小兔子……… 043
黑头乌鸦和黄毛金丝雀 ……………… 055

睡吧，睡吧，睡吧…………………… 079

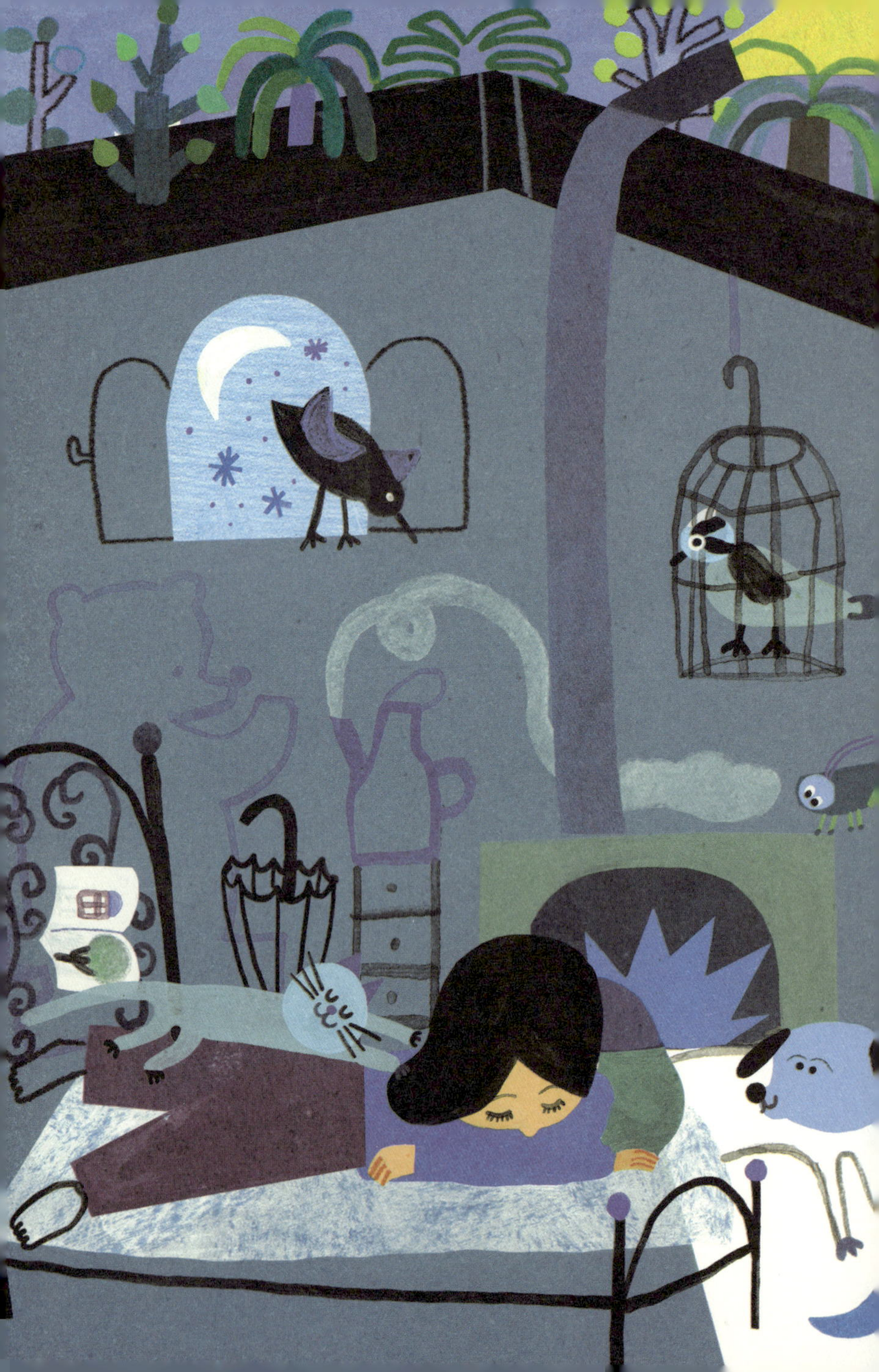

开场白

睡吧，睡吧，睡吧……

阿廖娜的一只眼睛睡了，另外一只眼睛看着；阿廖娜的一只耳朵睡了，另外一只耳朵听着。

睡吧，阿廖娜。睡吧，漂亮的小姑娘，爸爸就来给你讲故事。

西伯利亚的猫咪瓦西卡、毛茸茸的乡下小狗波斯托伊柯、小灰鼠、火炉后边的蟋蟀、笼子里的花白头翁、爱闹事的公鸡——它们好像都到这儿来啦。

睡吧,阿廖娜,马上就要讲故事了。

你看,高高的月亮照进窗里来了;你看,斜眼兔子穿着靴子一拐一拐地来了,狼眼睛也放起黄光来了,狗熊米斯卡在吮吸它的爪子了。老麻雀飞到窗前,用尖嘴敲着玻璃在问:"快了吗?大家都来呀,都集合啦,大家都等着听阿廖娜的故事啦。"

阿廖娜的一只眼睛睡了,另外一只眼睛看着;阿廖娜的一只耳朵睡了,另外一只耳朵听着。

睡吧,睡吧,睡吧……

麻雀、鲈鱼
和
快乐的
扫烟囱工人雅沙

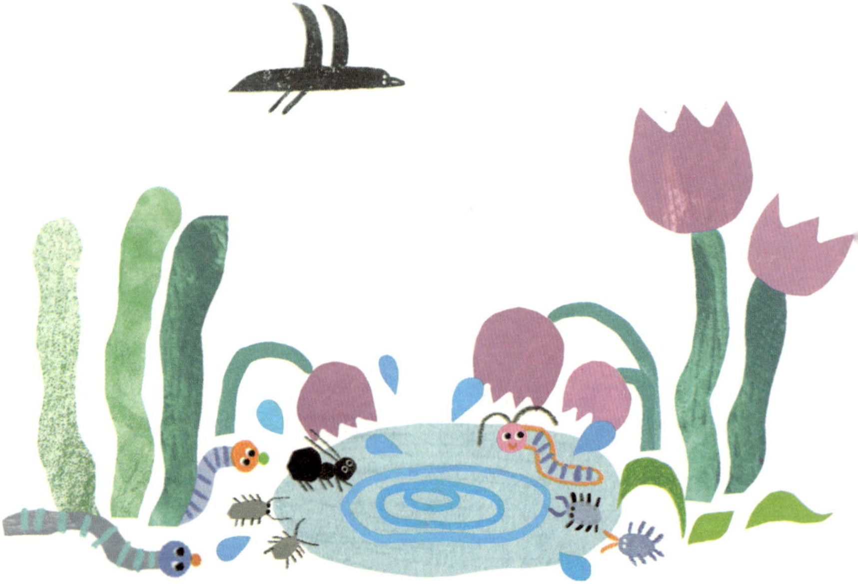

麻雀和鲈鱼结成了很好的朋友。

夏天，麻雀每天都会飞到河边，喊着："喂，老兄，你好呀！身体好吗？"

"还好，还可以。"鲈鱼回答说，"到我这

里来玩玩吧。老兄,在我这里,深的地方真好……这里水是静静的,各种各样的水草要多少有多少。我可以请你吃青蛙卵,吃小蛆虫和水虫……"

"谢谢你,老兄!我很高兴到你那里去做客,可是我怕水。还是你飞上屋顶,来我家的好……我呢,老兄,要请你吃小果子。我有整整一座花园,并且我们还可以搞些面包皮、燕麦、糖、活的小蚊虫。你不喜欢吃糖吗?"

"糖是什么样的?"

"是白白的……"

"像我们河里的圆卵石那样的吗?"

"对啦。放到嘴里,是甜甜的。你的圆卵石可不能吃。我们这就飞上屋顶去吧。"

"不,我不会飞,并且我在空气里会闷死。咱们还是一块儿在水里游的好。我可以把一切东西都指给你看……"

麻雀试着走进水里——水先没到它的膝盖，再下去它就害怕了——这样会淹死的！麻雀喝了些很清的河水，天热的日子，到浅水的地方洗了洗羽毛，又重新飞回屋顶。它们总算能和睦地生活在一起，并且喜欢谈论各种各样的事。

"你总是在水里，不会觉得厌烦吗？"麻雀常常为此感到奇怪，"水里潮湿，还会着凉呢……"

鲈鱼也很惊奇地反问："老兄，你老是在天上飞着，不会觉得厌烦吗？太阳底下多热啊，还会闷死呢。我这里总是凉快的，还可以想怎么游就怎么游。夏天大家都到我这里来洗澡，不是吗……可是有谁会到你那屋顶上去呢？"

"怎么会没有人来，老兄！我有一个好朋友，是个扫烟囱工人，叫雅沙。他常常到我这里来玩，他是一个快活的扫烟囱工人，总是唱着歌。他扫着烟囱，就唱起歌来了。当他坐在屋脊上休息时，就会掏出一块面包吃，我就捡面包屑。我们在一起很要好。我原来也是爱寻找快乐的。"

说起这两个朋友的烦恼，差不多是一样的。譬如说冬天吧。可怜的麻雀被冻得多厉害！嘿，多么冷的日子啊！好像所有的生物都要被冻死了。麻雀冻得羽毛都竖起来了，把脚蜷在身体

下面坐着。只有一条活命的路，那就是钻到烟囱里面找个地方稍稍暖和一下，可是那里并没有好多少。

有一次，麻雀几乎死在它最好的朋友扫烟囱工人的手里。扫烟囱工人走过去，把他的一个系着抹布的铁锤放进烟囱里，这几乎把麻雀的脑袋打破了。它满身煤烟，比扫烟囱的工人还脏。麻雀立刻从烟囱里跳出来，大声叫骂："雅沙，你这是干什么呀？你要知道，这样会打死我的……"

"可是我怎么知道你在烟囱里呢？"

"你以后要留心些……如果我用铁锤砸你的脑瓜，你会好受吗？"

鲈鱼在冬天也过得不愉快。它在水里钻得更深，在那里整天打瞌睡。水里又黑又冷，所以更加不想动弹。不过，当麻雀招呼它的时候，它偶尔会游到冰孔边来。

麻雀飞到冰孔边喝水，喊着："喂，鲈鱼，你活着吗？"

"活着……"鲈鱼用懒洋洋的声音回答说，"不过我总是想睡觉。总之很糟糕，我们那里大家都在睡觉。"

"我们那儿并不比你这儿好，老兄。有什么办法呢，只好忍耐……哎呀，那么厉害的风！老兄，我在那里冻得睡都睡不着……我老是用一只脚跳着取暖。

"可是人们看见了就说：'看呀，多快活的小麻雀！'唉，希望天气暖和的时候会好起来！可是老兄，你又想去睡觉了吗？"

不过到了夏天，又有夏天不愉快的事情。有一次，鹞鹰追赶了麻雀两里路，麻雀好不容易才躲到河边的芦苇丛里去。

"嘿，总算活着溜走了！"麻雀上气不接下气地向鲈鱼诉苦，"那可真是个强盗！我险些被抓住，一命呜呼。"

"那家伙就像我们这里的梭鱼，"鲈鱼安慰麻雀说，"我最近差点儿落进它的嘴里。当时，

它像闪电一样向我扑过来。我和别的鱼正一起游着，以为水里浮着个木片，可是那木片却向我扑过来了……真不知道这些梭鱼为什么总这样。我觉得奇怪，却也弄不明白。"

"我也是。你知道，我以为鹞鹰以前是梭鱼，梭鱼以前是鹞鹰。总而言之，它们都是强盗。"

二

不错,麻雀和鲈鱼一直这样生活着,冬天挨冻,夏天快活。快乐的扫烟囱工人雅沙扫干净烟囱就唱唱歌。他们各有各的事,各有各的快乐和苦恼。

夏天有一次,扫烟囱工人做完了他的工作,便到河边去洗他身上的烟灰。他一边走,一边吹口哨,突然他听见了可怕的喧闹声。是发生了什么事吗?许多鸟在河上面飞翔:野鸭呀,野鹅呀,燕子呀,山鹬呀,乌鸦呀,鸽子呀,它们都在嚷着、叫着，哈哈地笑着，但一点也听不清楚。

"喂，你们是怎么回事？"扫烟囱工人喊了一声。

"是这么回事……"伶俐的山雀吱吱地叫着说，"真好笑，真好笑！你来瞧，看我们的麻雀在干什么，它简直发疯了。"

山雀用尖锐的声音笑着，摆动了一下尾巴，在河上盘旋着。

扫烟囱工人走近河边的时候，麻雀就向他飞过来。麻雀的那副样子有些吓人：张着嘴，眼里冒着怒火，全身的羽毛倒竖着。

"喂，麻雀老兄，你这么凶要干什么呀？"扫烟囱工人问。

"哼，我要让它瞧瞧我的厉害！"麻雀气得喘息着喊，"它还不知道我是谁……该死的鲈鱼，我要让它瞧瞧我的厉害！那它就会知道我，这强盗……"

"别听它的！"鲈鱼冒出水来向扫烟囱工人喊，"它全是胡说。"

"我胡说?!"麻雀嚷着，"蛆虫是谁找到的？我胡说?!那样肥的蛆虫，是我从岸上挖出来的……我花了多少劳动……我捉到了它，就拖回家去，回到我的窝里去。我有家……我应该带吃食回去……我刚才衔着蛆虫飞到河上面，可是这该死的鲈鱼——希望梭鱼把它吞掉！它就喊'鹞鹰来了！'我吓得一叫，蛆虫就掉到水里去了，于是鲈鱼就把它吞掉了……这叫胡说吗?!可是鹞鹰连影子也没有……"

"这有什么关系，我是开玩笑呀。"鲈鱼解

释说,"蛆虫的确很好吃。"

鲈鱼的四周聚集了好多的鱼:鳟鱼、鲫鱼、鲈鱼、小鱼,它们都在听着、笑着。不错,鲈鱼和它的老朋友开了个巧妙的玩笑!更可笑的是麻雀竟跟它打起架来了。这么飞过来,那么飞过去,可是怎么也抓不到。

"让蛆虫把你噎死!"麻雀骂道,"我另外再挖……真叫我生气,鲈鱼欺骗了我,还要讥笑我,亏我还招呼过它到我的屋顶上去呢……真够朋友,简直让人无话可说!扫烟囱工人雅沙也会说,我和他很要好,有时我们甚至一起吃东西:他吃着、吃着,我就捡他的面包屑。"

"等一下,朋友们,这件事需要评判一下,"扫烟囱工人宣布说,"不过先让我洗干净了,我再公平地来评判你们的事。麻雀,你现在稍微安安心……"

"我干得对,我有什么不安心!"麻雀大叫着,"只是我要给鲈鱼一点厉害瞧瞧,它竟敢跟我开玩笑……"

扫烟囱工人在岸边坐下,把他的一小包饭盒放在旁边的小石头上,洗过了手和脸说:"好呀,朋友们,现在我们来评判了。你,鲈鱼,是一条鱼;还有你,麻雀,是一只鸟。我说得

对吗？"

"对！对！"那些鸟和鱼齐声喊。

"我们接着说下去！鱼应该住在水里，鸟应该住在空中。这样说对吗？好了……蛆虫呢，譬如说，是住在土里的。好吧，现在大家瞧……"

扫烟囱工人解开他的小包，把一块黑麦面包放在石头上说："现在请看：这是什么东西？这是面包。是我挣来的，所以我就吃掉它；我吃它，也喝些水，不错！这就是说，我吃饭，但并没有欺负谁。鱼和鸟也是想吃东西的，你们也有你们的食物，可为什么要吵架呢？麻雀挖出了蛆虫，可见是它挣到的，可见蛆虫是它的……"

"对不起，叔叔……"鸟群里发出了细微的声音。

鸟群让开了路,让一只山鹬走到前面来,它用它细小的腿一直走到扫烟囱工人跟前。

"叔叔,这话不对。"

"怎么不对?"

"要知道那蛆虫本来是我找到的……您问问野鸭,它们都看见的。是我找到的,可是麻雀飞来给偷走了。"

扫烟囱工人感到莫名其妙。原来完全不是麻雀说的那么回事。

"怎么会这样呢!"他聚精会神地自言自语,"喂,麻雀,你为什么要骗人?"

"这不是我说谎,是山鹬说谎。它和鸭子们商量好了的……"

"这话有些靠不住,老弟……哼……是的!当然啦,蛆虫不算什么,但偷窃是不好的。我说的对不对?而且……"

"对呀！对呀！"大家又齐声喊，"不过你总得把鲈鱼和麻雀评判个谁是谁非！它们谁对？两个吵闹，两个打架，把大家都闹得不安。"

"谁对？唉，你们呀，鲈鱼和麻雀，都是淘气鬼，真是淘气鬼！我要罚你们两个，给大家做榜样。现在，赶快讲和，立刻讲和！"

"对呀！"大家齐声喊，"希望它们讲和……"

"对于那个花气力掘得蛆虫的山鹬，我要用面包屑来喂它。"扫烟囱工人决定了说，"这样大家就会满意了……"

"好得很！"大家又叫喊了一声。

扫烟囱工人伸手去拿面包，可是面包没有了。

扫烟囱工人正在评判的时候，

麻雀就已经把面包拖走了。

"嗨!强盗!嗨,土匪!"所有的鱼和鸟都愤怒起来。

于是大家都去追小偷。因为面包片很重,麻雀无法带着它飞远。大家正好在河上赶上了它,大大小小的鸟儿都向小偷扑过去。

真正的格斗发生了,大家你争我夺,只见面包屑往河里落下去,后来面包片也掉进河里去了。那些鱼便马上抓住了面包。鱼和鸟开始了激烈的争斗。整块面包片被撕成了小块,大家都把它们吞掉了。面包片全给吃光了。面包片被

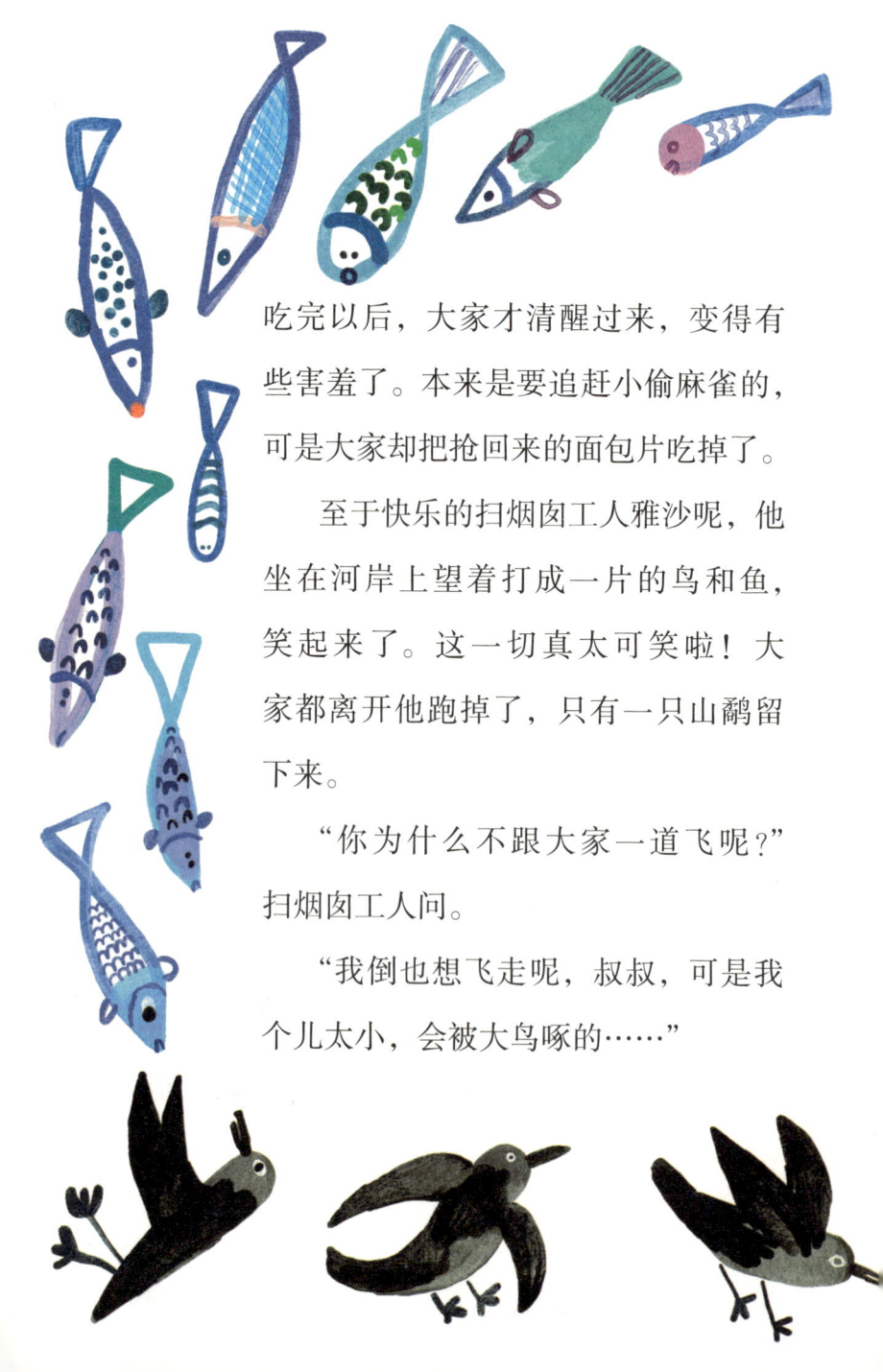

吃完以后，大家才清醒过来，变得有些害羞了。本来是要追赶小偷麻雀的，可是大家却把抢回来的面包片吃掉了。

至于快乐的扫烟囱工人雅沙呢，他坐在河岸上望着打成一片的鸟和鱼，笑起来了。这一切真太可笑啦！大家都离开他跑掉了，只有一只山鹬留下来。

"你为什么不跟大家一道飞呢？"扫烟囱工人问。

"我倒也想飞走呢，叔叔，可是我个儿太小，会被大鸟啄的……"

"嗯，这儿好得多，小山鹬。我和你两个留在这里没有午饭吃。那就是说，我们的活儿干得太少……"

阿廖娜来到河岸边，问起快乐的扫烟囱工人雅沙发生了什么事情，连她也笑了。

"哎呀，这些鱼和鸟，都这么愚蠢！要是我，就会把一切东西，蛆虫也好，面包片也好，都分配给它们，那它们就不会吵架了。不久以前，我分过四个苹果。爸爸带来了四个苹

果,说给我和里莎每人一半,我把它分成三份:一个苹果给爸爸,另一个给里莎,还有两个我自己拿了。"

长嘴蚊子和
短尾巴蓬毛熊

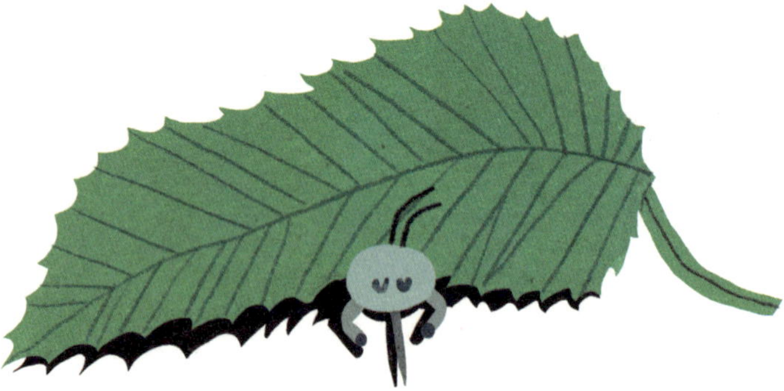

一

这件事发生在正午,那时所有的蚊虫都热得躲到泥潭里去了。

长嘴蚊子躲在一张宽大的树叶底下,睡着了。它正睡得香,听到了一声绝望的叫喊:"哎呀,我的爹!哎呀,救命呀……"

长嘴蚊子从树叶底下跳出来喊:"什么事?你喊叫什么?"

可是那些蚊子飞着,嗡嗡嗡地响,嗯嗯嗯地叫——什么也搞不清楚。

"哎呀，我的爹！一只熊到我们泥潭里来了，躺下睡觉啦。它一躺到草上，立刻就压死了五百只蚊子；它一喘气，就吞掉了成百只蚊子。哎呀，兄弟们可倒霉了！我们好不容易才从它脚下飞出来，不然我们也会被压死……"

长嘴蚊子立刻对熊和那些无缘无故就吱吱叫着的愚蠢的蚊子生气了。

"喂，你们，别吱吱了吧！"它喊了一声，"看我立刻去把熊赶走……这非常简单！你们只知道在那里喊叫……"

长嘴蚊子更加生气，就飞走了。泥潭里真的躺着一只熊。熊闯到了最茂密的草里，这里自古以来就是住着蚊子的。熊躺下来，打着鼾，它发出呼哨的声音，就像什么人吹着喇叭似的。真是不害臊的家伙！闯到人家的地方，无缘无故压死了这么多蚊子，还睡得这么香甜！

"喂，叔叔，你闯到什么地方来了？"长嘴蚊子满树林里喊叫起来，它喊得这么响，连它自己都吃了一惊。

蓬毛熊睁开了一只眼睛——没看见什么，又睁开了另一只眼睛，才勉强看到有一只蚊子就在它的鼻子上飞。

"朋友，你要做什么？"熊叫了起来，也生

起气来了,"怎么搞的,我才躺下休息,怎么马上就有什么坏蛋嗯嗯嗯地叫起来!"

"喂,你乖乖地走开吧,叔叔!"

熊睁开了两只眼睛,望了望那只蚊子,喷了一下鼻子,最后发怒了。

"你到底要做什么呀,可恶的家伙?"它叫喊起来。

"从我们这里走开,要不,我是不喜欢开玩笑的……我要连皮一块儿吃掉你。"

熊觉得很可笑,它翻了个身,用一只熊掌掩住面孔,立刻又打起鼾来了。

二

长嘴蚊子飞回它的蚊群里，向满泥潭吹起喇叭来了。

"我巧妙地吓唬了蓬毛熊，它下次不会再来了。"

蚊子们很奇怪，就问它："那么，熊现在在哪里呢？"

"弟兄们，那我可不知道。我对它说，如果不走开，我就要把它吃掉，它一听到就十分害怕。我本来不爱开玩笑的，所以我干脆说了'吃掉'这个词儿。我飞回到你们这儿来的时候，恐怕它已经吓死了。这有什么办法，是它自己的过错……"

所有的蚊子都嗯嗯嗯地叫喊着，嗡嗡嗡地响着，接着争论了很久，商量它们怎样去对付那只熊。泥潭里从来都不曾有过这样可怕的吵闹声。它们嗯嗯嗯地叫着，叫着，决定把熊赶出泥潭。

"让它回家去，回到树林里睡觉吧。泥潭是我们的……我们的父亲和爷爷就已经住在这个泥潭里了。"

有一只聪明的蚊子老太太劝告大家不要去

招惹熊，说让熊去躺着好了，熊醒来以后，自己会走开的；可是大家一致同意凶狠地去攻击熊，好让那可怜的家伙无法脱身。

"去呀，弟兄们！"长嘴蚊子喊得比别的蚊子都起劲，"我们要给它些厉害……对！"

蚊子们跟着长嘴蚊子起飞了。一面飞，一面嗯嗯嗯地叫着，自己也觉得可怕。它们飞来一看，那只熊还在一动也不动地躺着。

"瞧，我不是早就说过吗，这可怜的家伙已经吓死啦！"长嘴蚊子夸口说，"我甚至有些可怜它了，那么强壮的一只大熊。"

"它睡着了呢，弟兄们。"一只小蚊子飞近熊的鼻子跟前，差点儿被吸进像通风洞那样的鼻孔去的时候，尖声说。

"呀，不要脸的家伙！呀，不要脸的家伙！"所有的蚊子都齐声喊起来，因此响起了一阵可怕的喧闹声，"压死了五百只蚊子，又吞掉了一百只蚊子，自己却睡得好像没事一样……"

可是蓬毛熊依旧自顾自地睡觉，还打着鼾。

"它假装睡着呢！"长嘴蚊子喊着，向熊飞过去，"看我马上给它个厉害……喂，叔叔，你装傻装够了！"

长嘴蚊子刚飞过去，就用它的长嘴一下子刺到黑色的熊鼻子里去，熊立刻跳了起来，用熊

掌捆鼻子，可是长嘴蚊子却不见了。

"怎么，叔叔，不开心吗？"长嘴蚊子尖叫着，"快走开，不然还有更糟糕的呢……我现在不只是一只长嘴蚊子，跟我一起飞来的还有爷爷大长嘴蚊子和小兄弟小长嘴蚊子呢。叔叔，你快些走开吧！"

"我可不走！"熊的后腿直立起来喊，"我要把你们统统压死！"

"喂，叔叔，光吹牛没有用……"

长嘴蚊子又飞过来，一直向熊的眼睛刺去。熊痛得大叫起来，用熊掌去抓住脸，可是熊掌里仍旧什么也没有，只是自己的眼睛差点儿被爪子抓出来。

长嘴蚊子在熊的耳朵边飞来飞去，尖声地叫着："我要吃掉你，叔叔……"

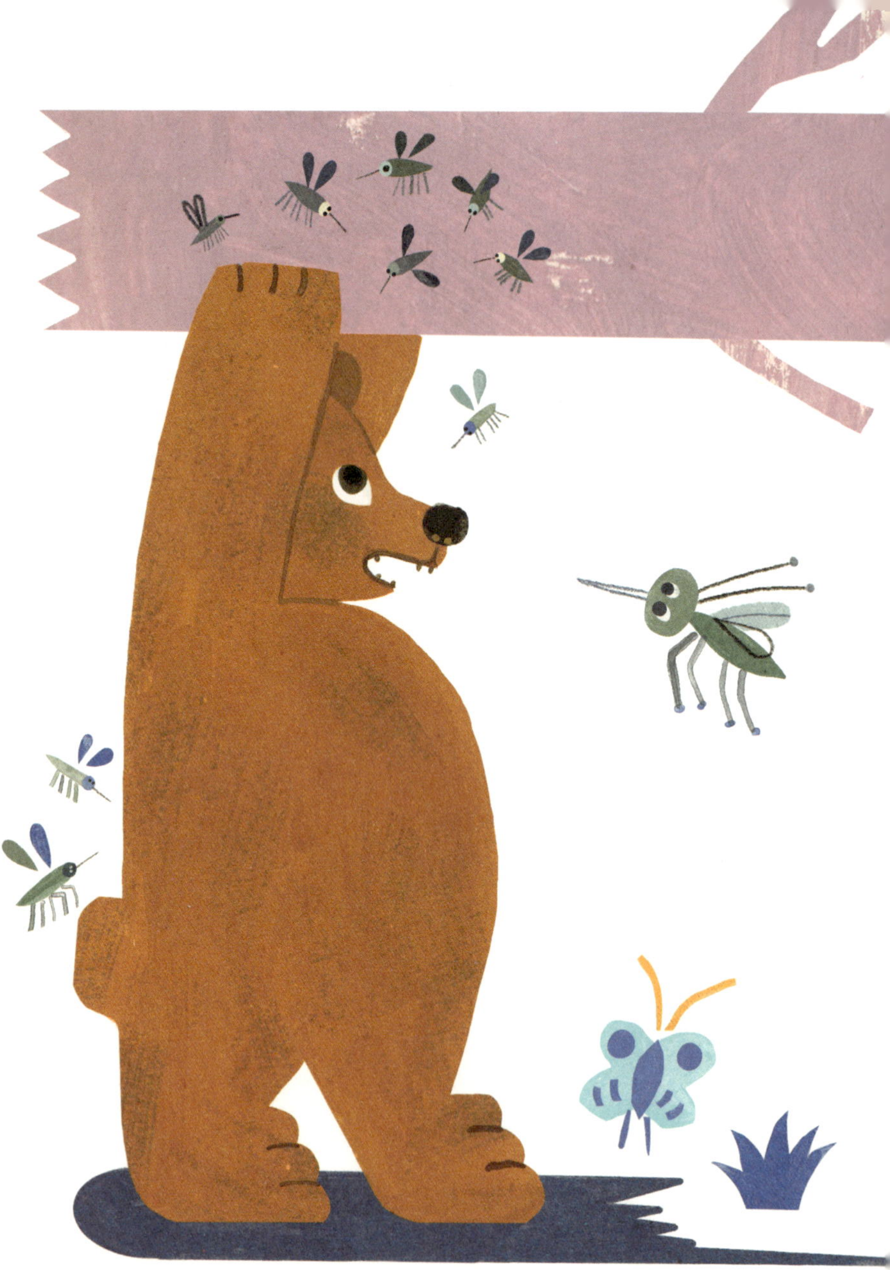

三

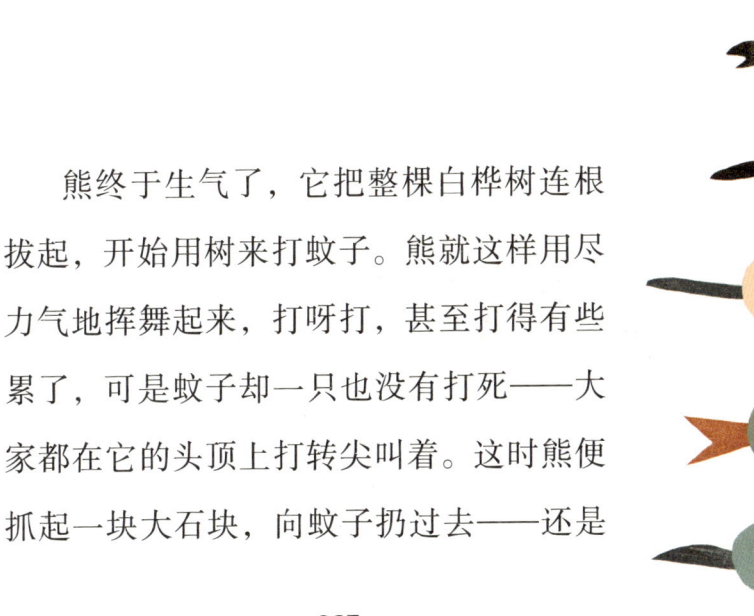

熊终于生气了,它把整棵白桦树连根拔起,开始用树来打蚊子。熊就这样用尽力气地挥舞起来,打呀打,甚至打得有些累了,可是蚊子却一只也没有打死——大家都在它的头顶上打转尖叫着。这时熊便抓起一块大石块,向蚊子扔过去——还是没有用。

"怎么样？抓住了吗，叔叔？"长嘴蚊子尖声问，"我总归还是要吃掉你……"

熊和蚊子们打仗，不晓得打了多久，只听见一片喧哗声，远远地还可以听到熊的吼声。熊折断了许多树枝，掘起了许多石头啊！它老是想抓住带头的长嘴蚊子：它不就在眼前，在耳朵边打转吗！但是熊用手掌去抓，仍旧什么也抓不到，只是把自己的脸抓得鲜血直流。

熊终于累了。它坐下来，喷了一口气，想出了一个新办法：让我在草上打滚，把蚊子国全都压坏。熊便滚呀滚的，不过这样的办法一点用也没有，却使得它更加累了。

于是熊就把脸埋到青苔里,结果更糟糕,蚊子们叮住了熊的屁股。最后,熊大怒起来。

"等一等,你们敢!"它叫得连五公里以外都听得见,"我要显显我的本领……我……我……我……"

蚊子们往后退去,等待着,看会怎么样。熊像卖艺的一样爬上了树,在一根最粗的树枝上坐下,吼着:"好吧,现在你们过来吧……我要把你们的嘴统统打断!"

蚊子们尖声笑着,整队地向熊扑去。它们

嗯嗯嗯地响着，打着转，往前钻……熊招架着，招架着，无意中吞下了一百多只蚊子，就咳呛起来，立刻像袋子一样从树枝上掉下来了……它又站了起来，摸摸跌伤的腰，说："怎么样，打赢了吗？我是多么灵巧地从树上跳下来的，你们看见了吧？"

蚊子们的笑声更尖了，长嘴蚊子便大声叫着："我要吃掉你……我要吃掉你……吃掉你……吃掉你！"

到后来熊终于筋疲力尽了，但是想离开泥潭又觉得没面子。它只好坐在后腿上，转动着眼珠。

一只青蛙来搭救它了。青蛙从小丘下面跳出来，坐在后腿上说："熊伯伯，您怎么自寻烦恼呢？您不要理睬这些无耻的小蚊子，实在犯不着。"

"真的是犯不着,"熊高兴起来,"我这是随便……让它们到我的洞里来,那我就……我……"

熊转过身,从泥潭跑出来,长嘴蚊子就跟在它后面飞,一边飞,一边喊:"哎,弟兄们,捉住它!熊跑掉了……捉住它呀!"

所有的蚊子集合起来,大家商量着,这样决定:"犯不着,让它走好了——泥潭仍旧是我们的!"

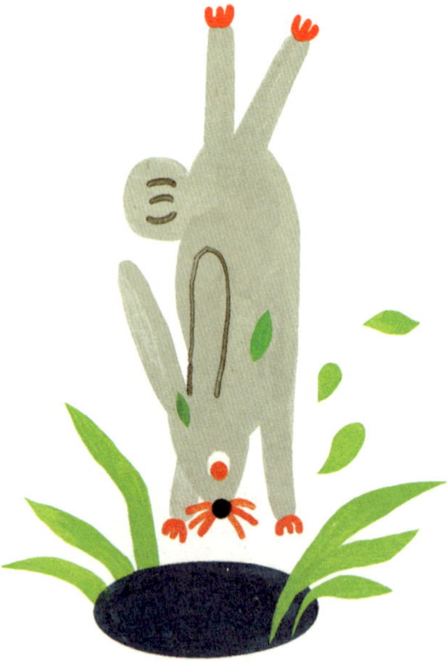

长耳、斜眼、短尾的勇敢小兔子

树林里有一只小兔子出生了,它什么都害怕。哪里树枝响,鸟飞,雪块从树上掉下来,小兔子都会被吓得魂飞魄散。小兔子害怕了一天,害怕了一星期,害怕了一年,后来长大了,忽然对害怕感到厌烦了。

"我谁也不怕了!"它喊得整个树林都听得见,"瞧,我一点也不怕了,说不怕就不怕。"

老兔爷爷们都跑拢来,小兔子们都跑拢来,老兔婆婆们都跑拢来——大家听着长耳、斜眼、

短尾的小兔子吹牛，竟不相信起自己的耳朵来了。会有什么都不怕的兔子吗？这是从来没有的事。

"喂，你呀，斜眼，你连狼都不怕吗？"

"狼也不怕，狐狸也不怕，熊也不怕——谁都不怕。"

这真是太有趣了。小兔子们嘻嘻地笑。好心肠的兔婆婆们也用前脚掩住了脸笑起来，甚至落到狐狸爪里去过和尝过狼牙齿滋味的老兔子们也都微笑了。这小兔子真是太可笑啦！啊，

多么可笑!大家忽然都快活起来了。

大家开始翻筋斗,跳着,跑着,互相追赶着,好像全都发了疯一样。

"这有什么好多说的!"已经完全壮大了胆子的兔子叫着,"如果我碰见了狼,我就吃掉它……"

啊,这兔子多么可笑啊!啊,它多么笨呀!

大家看见它又可笑又笨,都笑着。

兔子们大声谈着狼，狼就到了。

狼走着，是完全为了狼的事情奔走着，它肚子饿了，心想："最好能吃到一只小兔子！"忽然，狼听见不远处有兔子的叫声，它们正在谈论狼呢。

狼立刻站定了，嗅了嗅空气，开始蹑着脚走。

狼挨近嬉戏的兔子们，听见它们正在讥笑自己，笑得最凶的就是斜眼、长耳、短尾的牛皮大王兔子。

"喂，兔老弟，等着吧，看我吃掉你吧！"

灰狼一面想一面看是哪只兔子正在自夸勇敢。

可是兔子什么也没有看见,并且比方才更快乐了。

后来,吹牛的兔子站上了树桩,坐在后腿上说:"听吧!你们这些胆小鬼!看着我并且听着。我马上给你们瞧一个玩意儿。我……我……我……"

这时,吹牛兔子的舌头

好像硬得打结了——它看见了正望着自己的狼。

其他兔子没有看见,但是它看见了,就不敢喘气了。

接着,发生了不寻常的事情。

吹牛兔子就像一个小皮球一样向上一跳,十分害怕地直落到狼的宽额头上,接着一个筋斗沿着狼的脊背滚过去,又在空中打了一次转,然后飞快地逃命去了,好像心脏都要从身体里跳出来一样。

那倒霉的小兔子奔跑了好久,一直跑到精

疲力尽为止。

小兔子总觉得狼紧跟在后面追着,眼看就要用牙齿咬到自己了。

最后,可怜的小东西完全没有力气了,闭上眼睛,半死不活地滚到了一株灌木底下。

这时的狼却正在向另一个方向奔跑。当兔子落在它身上时,它觉得谁在向它开枪。

于是狼逃走了。树林里还怕碰不到兔子吗?但是这只兔子多么疯狂啊!

其余的兔子过了很久才清醒过来。有的逃进了灌木林,有的藏在树桩背后,有的滚进了

坑里。

最后大家都躲得不耐烦了,于是像以前一样看谁勇敢些。

"我们的那只兔子把狼吓得够呛!"大家下了结论,"假如没有它,那么我们就活不成了。可是它现在在哪里呀,我们的大胆家伙?"

大家开始找起来。

它们走呀走,可是到处都没有勇敢的兔子。难道是被别的狼吃掉了?不过兔子到底被它们找到了:原来它躺在一株灌木底下的坑里,差不多快被吓死了。

"斜眼,你真棒!"所有的兔子齐声叫喊,"哎哟,斜眼!你把那只老狼吓得够呛。多谢你,老弟!我们还以为你是吹牛呢。"

勇敢的兔子立刻胆壮起来。它从坑里爬出来，抖了一下，眯起眼睛说："你们怎么会这样想！嘿，你们这些胆小鬼……"

从那一天起，勇敢的兔子便开始相信自己真的谁也不怕了。

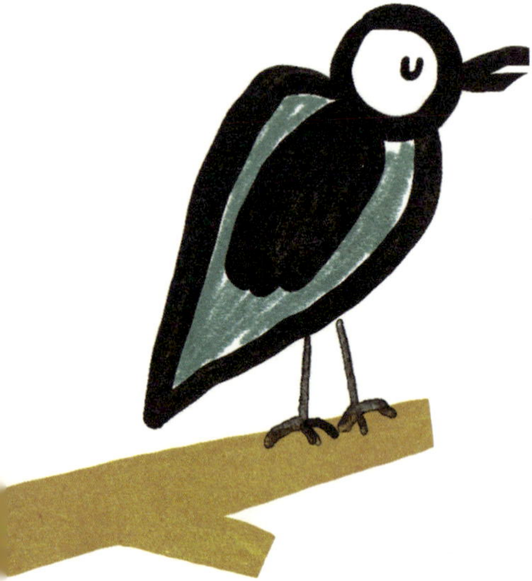

黑头乌鸦和黄毛金丝雀

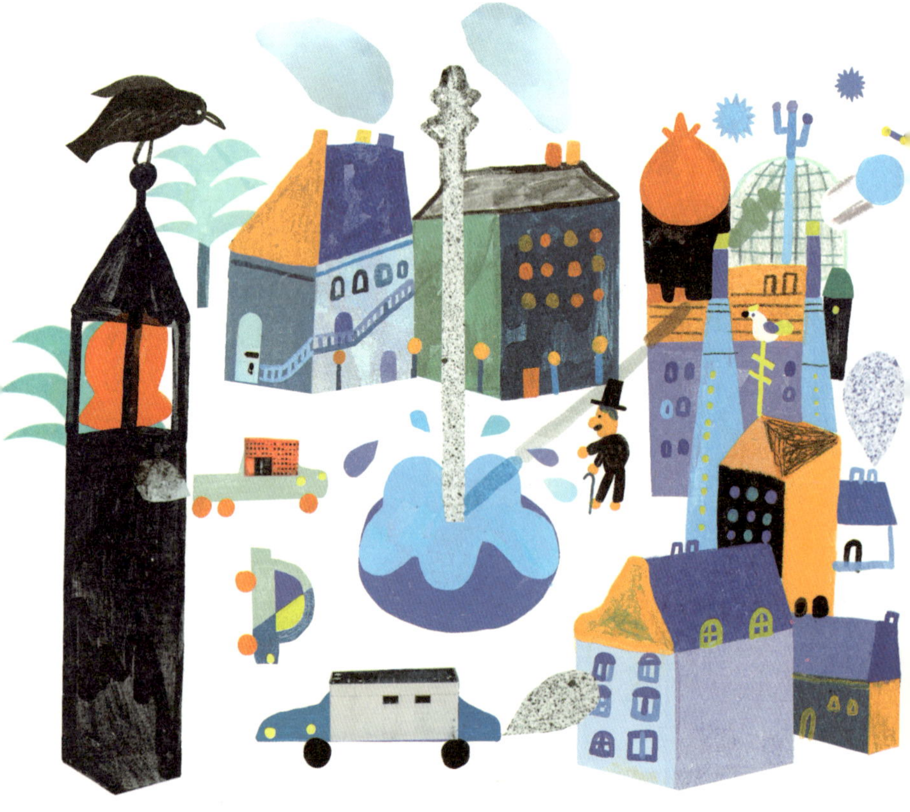

一只乌鸦停在一株白桦上,用嘴敲着树枝,噗——噗。它擦干净了嘴,望望四周,忽然喊:"呱!呱!"

一只叫瓦西卡的猫正在围墙上打盹儿,吓得差点儿滚下来,开始呜呜地叫:"你这个黑脑壳,着了什么魔……老天给了你这么个嗓子!你乐些什么?"

"别吵我!我没有工夫,难道你没有看见吗?呀,真忙!呱——呱——呱……总是有做不完的事。"

"你累了,可怜的东西!"瓦西卡笑起来。

"别作声,懒鬼!你老是侧着身体躺着,只晓得在太阳底下取暖,可是我从早晨起就没有休息:我坐过十个屋顶,绕飞了半个城,每一个角落和偏僻的地方都去瞧过。并且等一会儿还得飞到钟楼上去,在市场上停留一下,到菜园里去挖掘一下……我为什么要跟你一起浪费时间呢？我可没有工夫。呀，真忙呀！"

乌鸦用嘴最后一次敲了敲树枝，抖一下，刚想飞，就听到一声可怕的喊叫。一群麻雀飞过，而在前面飞着的是一只小黄鸟。

"弟兄们，抓住它！喂，抓住它！"麻雀尖声叫喊。

"怎么回事？上哪儿去？"乌鸦喊着就跟着那些麻雀飞去。

乌鸦拍了十来下翅膀，就赶上了麻雀群。小黄鸟最后的力气也使完了，就掉进生长着丁香树、醋栗和野樱桃的小花园去了。它想躲过追赶它的麻雀。小黄鸟才钻进矮树下面，乌鸦却已经在眼前了。

"你是什么东西？"乌鸦呱呱地问。

这时，麻雀们好像人家撒的一把豆子一样，

也聚集在灌木四周。

它们生小黄鸟的气，想要啄它。

"你们为什么要欺侮它？"乌鸦问。

"它为什么是黄的？"所有的麻雀齐声尖叫着。

乌鸦瞧了瞧小黄鸟——真的，全身是黄的。它点了点头，就说："呀，你们这些淘气的东西！这根本就不是鸟！难道有这种样子的鸟吗？不过你们还是走开吧……我得跟这个怪物谈一谈。它不过假装是一只鸟罢了……"

麻雀们叽叽喳喳叫了一阵，更生气了，可是没有办法，只得走开。跟乌鸦谈话可谈不长：它只要用嘴一啄，就全完啦！

乌鸦赶走麻雀以后，就开始盘问小黄鸟。小黄鸟沉重地喘着气，同时很可怜地用小黑眼睛望着乌鸦。

"你是谁？"乌鸦问。

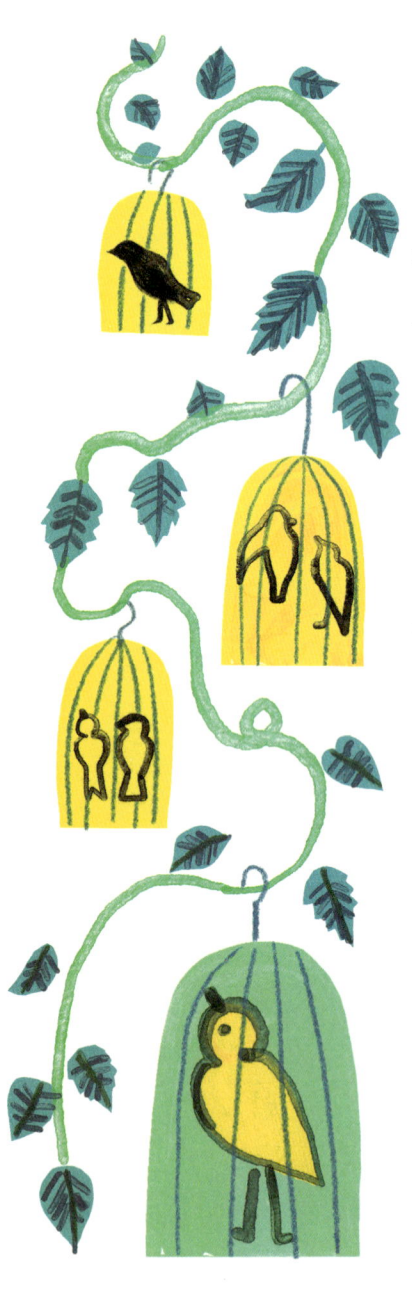

"我是金丝雀……"

"你千万不要说谎,不然会很糟。要不是我,麻雀就把你啄死了……"

"真的,我是金丝雀。"

"你从哪里来的?"

"以前我住在笼子里……我生在笼子里,长在笼子里,住在笼子里。我老想飞走,像其他鸟一样。笼子放在窗口,我老望着别的鸟……它们是那样快活,而我在笼子里是多么挤。就这样,有一次小姑娘阿廖娜拿一杯水来,打开笼子的门,我就飞出来了。我在房里飞着飞着，后来飞出通风口，就飞走了。"

"你在笼子里干什么？"

"我唱歌很好听。"

"那么，唱唱看。"

金丝雀就唱了。

乌鸦侧着脑袋，奇怪起来："你这叫作唱歌吗？哈哈！为这样的歌而养你，你的主人真是太傻了。要养就该养真正的鸟，譬如说，我吧。方才我叫了一声，那个流氓瓦西卡差点儿就从围墙上滚下来了。这才是唱歌呀！"

"我认识瓦西卡……是最可怕的畜生！它多少次偷偷地到我们的笼子边来过。眼睛绿绿的，那样发着光，还伸出爪子来……"

"嗯，对有的人是可怕的，但对有的人可不是……它是个大骗子——这话不错，但是毫不可怕。嗯，这话以后再说吧……我还是不相信你是真正的鸟……"

"真的，婶婶，我是鸟，完全是鸟呀。所有金丝雀全是鸟……"

"好的，好的，以后我们再看吧……可是你准备怎么生活呢？"

"我需要的不多：几粒谷、一小块糖、一小块干面包——就够吃了。"

"你瞧，真是个大小姐！嗯，没有糖还能够过得去，可是谷粒你总要搞到手。总的来说，我是喜欢你的。你想不想和我住在一块儿？我在白桦树上有一个很好的窝。"

"谢谢你，不过那些麻雀……"

"如果跟我一块儿住，那么谁也不敢欺负你了。不要说麻雀，就是骗子瓦西卡也清楚地知道我的性格。我不爱开玩笑……"

金丝雀立刻胆大起来，就和乌鸦一起飞起来。没有关系，窝很好，要是还有干面包和小块的糖那就更好了。

乌鸦和金丝雀开始在一个窝里生活了。乌鸦虽然有时喜欢叽叽咕咕，可它不是凶恶的鸟儿。它主要的缺点，是对什么都嫉妒，并且总以为自己是受委屈的。

"愚蠢的母鸡比我好在哪儿呢？可是人家喂它们，照顾它们，保护它们。"它向金丝雀诉苦说，"再拿鸽子来说吧，它们有什么用处？可是人家却总是把一撮撮的燕麦抛给它们——明明是这么笨的鸟！我才飞过去，大家就都立刻狠狠地赶走我。这难道是公平的吗？并且还追着我骂：'嘿，你这只乌鸦！'你可曾注意到，我比别的鸟更好、更漂亮？我同意不应该自己称赞自己，可是人家逼得我这样说。你说不对吗?"

金丝雀对这一切都表示同意。

"是呀,你是一只了不起的鸟!"

"这就对了。人家把鹦鹉养在笼里,照顾它们,可是鹦鹉哪一点比我好呢?不过是最笨的鸟罢了,只知道大声地叫和嘀嘀咕咕的,可是谁也不知道它嘀咕些什么。你说对吗?"

"是呀,我们那儿也有一只鹦鹉,大家都十分讨厌它。"

"可是全天下的鸟,连活着是为了什么都不明白的难道还少吗!譬如说八哥吧,不知从哪里像发了疯似的飞来了,住了一个夏季,又飞走了。燕子也是一样,白头翁、夜莺——这样的废物还少吗?总之,没有一只是正正经经的、真正的鸟……才有一点冷,大家就立刻溜得无影无踪了。"

实际上，乌鸦和金丝雀彼此是不了解的。金丝雀不懂得这种自由的生活，而乌鸦不懂得不自由的生活。

"婶婶，难道没有一个人曾向你抛过谷粒吗？"金丝雀奇怪地问，"连一颗谷粒都没有投给你吗？"

"你真傻呀！哪儿来的谷粒呢？光是留意着人家用棒或是石头来打你还来不及呢。人们是很可恶的……"

后面这句话，金丝雀无论如何是不能够同意的，因为人们曾喂养过它。也许乌鸦是这样想的……不过金丝雀不久就不得不相信人们的可恶了。

有一次，金丝雀坐在围墙上，忽然，它头顶上带着哨声飞过一块大石头。小学生们正在街上走着，他们看见了围墙上的乌鸦，怎么会不向它投石头呢？

"喂，怎么样，现在你看到了吧？"乌鸦飞上了屋顶问，"他们都是这样的，凡是人都是这样的。"

"也许您有什么地方冒犯了他们吧，婶婶？"

"绝对没有！他们无缘无故就这么可恶，他们都恨我……"

金丝雀不由得怜惜起没有人喜欢的可怜的乌鸦来。要知道，这样生活是不行的……

总的来说，鸟的敌人相当多。譬如那只叫瓦西卡的猫，它用那么油腻腻的眼睛望着所有的鸟，假装睡着。金丝雀曾经亲眼看见它抓住了一只没有经验的小麻雀——只听见骨头咔咔响着，羽毛飞散开去……哎，真可怕！其次是鹞鹰——也很凶：它在空中飞，然后像石头一般落到随便哪只不留神的小鸟身上。金丝雀也看见过鹞鹰带走小鸡。不过，乌鸦既不怕猫，也不怕鹞鹰，它甚至不免要尝尝小鸟的美味。起初金丝雀不曾亲眼看见过，还不相信这件事。直到有一次，它看见一群麻雀在乌鸦背后追赶。它们飞着，尖叫着，喳喳地叫……金丝雀吓得不得了，就躲进窝里。

"交出来，交出来！"麻雀们在乌鸦窝上空

飞着，凶暴地尖声喊，"这是什么？这是抢劫呀！"

乌鸦冲进自己的窝里，于是金丝雀惊骇地看到它的爪子里抓着一只死了的小麻雀。

"婶婶，你干什么呀？"

"别作声！"乌鸦小声地呵斥它。

乌鸦的眼睛可怕的闪着光，金丝雀吓得闭上眼睛，免得看见乌鸦怎样撕食那不幸的小麻雀。

"不知哪一天，它会连我也吃掉的。"金丝雀想。

可是乌鸦每一次吃过后，都变得更和善了。它擦净了嘴，很舒适地坐在一根树枝上，甜蜜地打起盹儿来。金丝雀留意到乌鸦婶婶是十分贪吃的，而且什么都不挑剔。它有时抢走一块面包皮，有时是一块腐烂的肉，有时在污水坑里搞些残菜。后面的一件事是乌鸦最喜爱的工作，但金丝雀怎么也不明白在污水坑里挖掘到底有什么乐趣。

不过这也很难责怪乌鸦——它每天要吃掉二十只金丝雀都吃不完的东西。并且，乌鸦的全部心思也只是放在吃食上……它坐在什么地方的屋顶上，就向四周观望。

当乌鸦懒得捕食时，就施用奸计。它看麻雀在啄些什么，立刻就奔过去。好像是从旁边飞过，却大声喊道："呀，我没有工夫……一点工夫也没有！"

等它飞近了，抓住了猎物，就一溜烟飞走了。

"婶婶，抢人家东西是不好的。"有一次，气愤的金丝雀提了意见。

"不好吗?可是我经常想要吃东西呀……"

"别人也一样想啊。"

"嗯,大家都是自顾自地。要知道,只有你们这些千金小姐,人们才用笼子来喂养你们,而我们都得自己找东西吃。并且你,或者麻雀,需要吃这么多东西吗?你们啄一颗谷物,就可以饱一天。"

夏天不知不觉地过去了。太阳真的变得冷起来,白天也变短了。开始下起雨来,吹起寒冷的风。金丝雀感到自己是最不幸的鸟儿,尤其在下雨的时候,可是乌鸦却好像丝毫不觉得冷似的。

"下雨有什么关系呢?"它奇怪地说,"下一阵就停了。"

"可是很冷呀,婶婶!呀,好冷呀……"

夜里特别难受。淋湿的金丝雀全身哆嗦着,乌鸦见了很生气,"瞧你这位千金小姐……等冬天到来,下雪时,还要更不好受呢。"

乌鸦甚至恼怒了,"连下雨、刮风和寒冷都怕,那还算什么鸟呢?要知道,这样是活不下去的。"它重新怀疑金丝雀是不是鸟了,一定是假装的……

"真的,我是地地道道的鸟,婶婶!"金丝雀含着眼泪说服它,"不过我时常觉得冷……"

"好,瞧着吧!但是我总觉得你假装是鸟……"

"不,真的,我没有假装。"

金丝雀有时认真思考着自己的命运,觉得也许留在笼子里会更好些吧……那里又暖又饱。

它甚至有好几次飞近放着那只亲切的鸟笼的窗口去。那里现在已经住着两只新的金丝雀，它们都在羡慕它。

"呀，多么冷呀！"凉僵了的金丝雀抱怨地尖声叫喊，"放我回家吧。"

有一天早晨，当金丝雀从乌鸦的窝里向外张望时，它看到了一幅可叹的景象，它惊呆了：

大地在一夜之间被初雪遮盖了,像盖上布幕一样。四周一片白色,而主要的是——雪掩盖了金丝雀吃的所有的谷物。只剩下了山梨,可是它吃不了这种酸果子。乌鸦却坐着,啄食着山梨,并且赞美着:"呀,真好吃的果子!"

挨了两天饿,金丝雀感到绝望了。以后该怎么办呢?这样会饿死的……

金丝雀坐着悲哀起来。这时它看见那些向乌鸦投过石头的小学生。他们跑进了花园,在地上张开网,把好吃的亚麻籽撒下,就跑开了。

"这些孩子一点都不坏,"金丝雀望了望张开的网,高兴起来,"婶婶,孩子们给我带来了食物。"

"食物的确好,没说的!"乌鸦嘟囔着说,"但你可别伸嘴……听见了吗?只要你一啄谷粒，就会立刻落进网里去。"

"以后怎样呢？"

"以后就会再进到笼子里去了。"

金丝雀开始沉思起来——吃是想吃的，可是进笼子却不愿意。当然，又冷，又饿，可是自由生活毕竟好得多，尤其是不下雨的时候。

金丝雀坚持了几天，饥饿可不是好玩的，它被食饵诱惑，落进了网里。

"啊呀，救命！"它尖声哀叫着，"以后我绝不这样了……我宁可饿死，也不愿再进笼子里去呀！"

金丝雀现在感到世界上没有比乌鸦的窝更好的地方了。不错，它有时又冷又饿，可是究竟是自由自在的。想飞到哪里，就飞到哪里……它甚至哭泣起来。小孩们走来，就会重新把它关进笼子里……

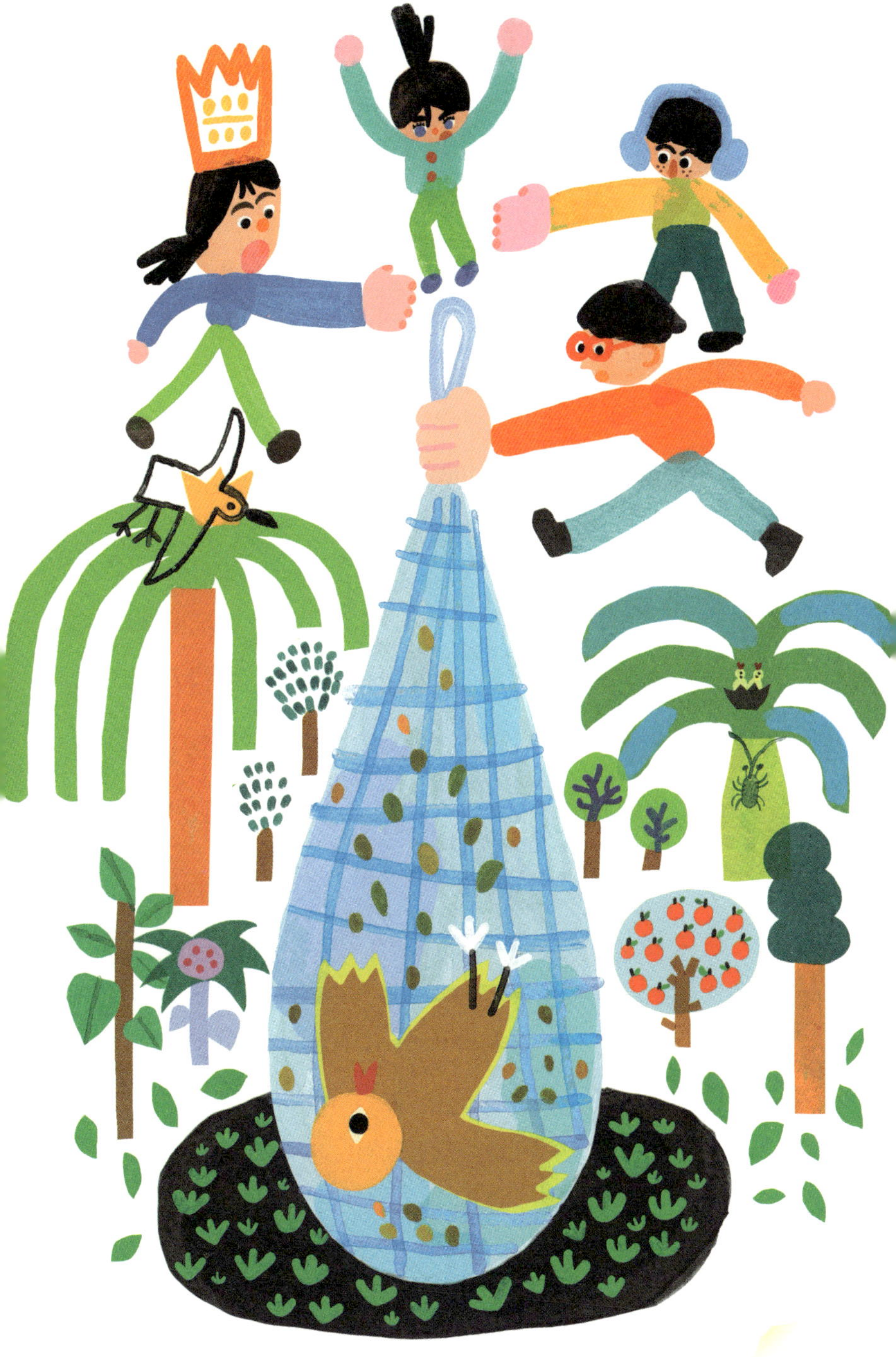

幸亏它运气好，乌鸦飞过旁边，看见这糟糕的一幕。

"呀，你这个笨家伙！"它愤愤地说，"我说过不要去碰食饵的。"

"婶婶，下次再也不了……"

乌鸦飞来得正是时候。孩子们已经跑来想抓住猎物，但是乌鸦还来得及撕破细网，于是金丝雀又重新获得了自由。孩子们追赶着可恨的乌鸦，用棍子和石头向它投掷，同时骂它。

"呀，多么好呀！"金丝雀回到它的窝里后，高兴地说。

"好是好，你瞧瞧我！"乌鸦愤愤地说。

金丝雀重新住在乌鸦窝里，不再抱怨寒冷和饥饿了。

有一次，乌鸦飞出去找食，在田野里过夜，当它飞回去时，金丝雀已经四脚朝天地躺在窝

里了。

乌鸦侧着脑袋，瞧了瞧，说道："嗯，我不是说过，这不是一只鸟呀……"

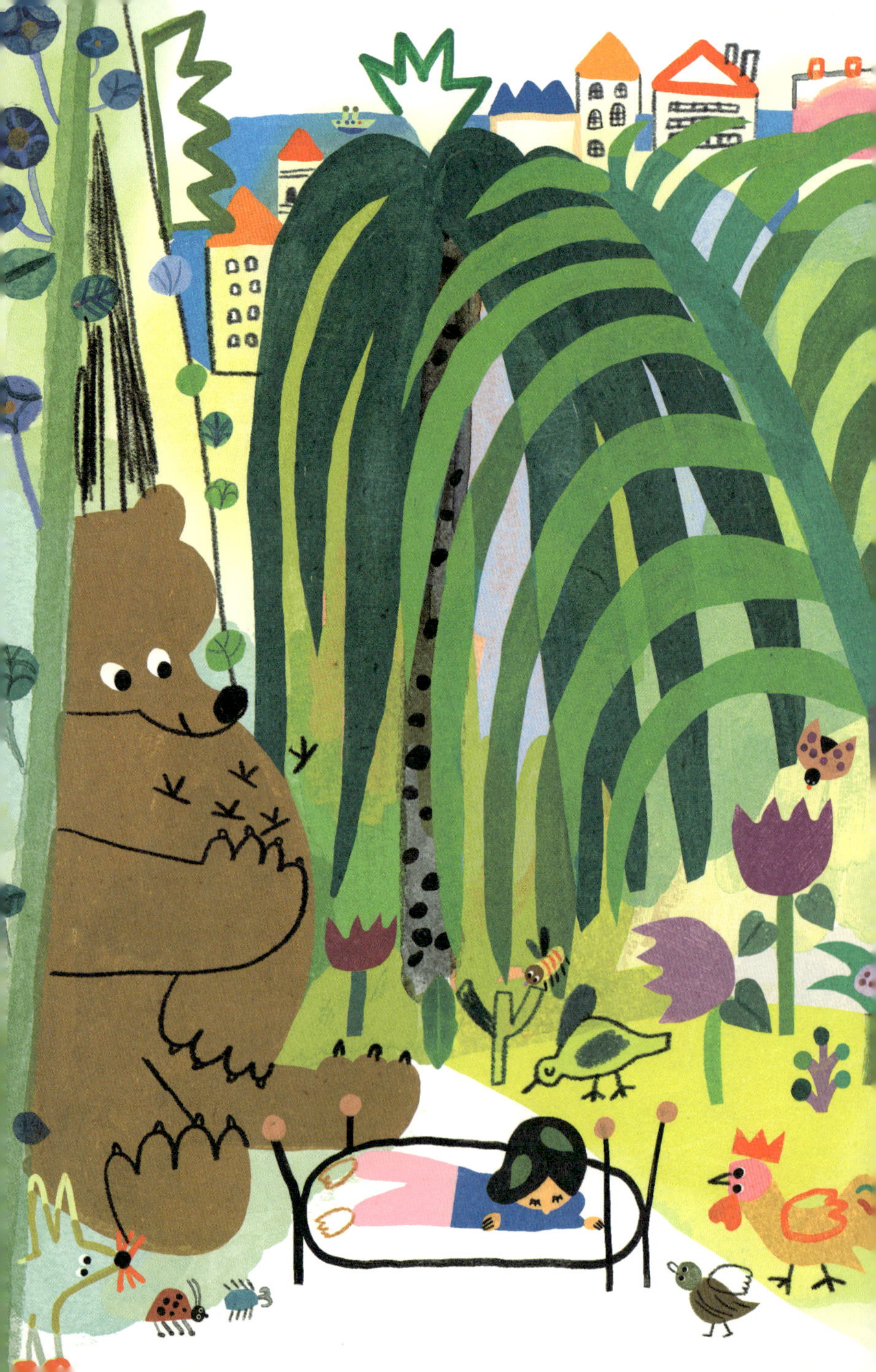

睡吧，睡吧，睡吧……

睡吧，睡吧，睡吧……

阿廖娜的一只眼睛睡了，另外一只眼睛看着；阿廖娜的一只耳朵睡了，另外一只耳朵听着。

现在大家都聚在阿廖娜的床前：这儿有勇敢的兔子，有蓬毛狗熊，有爱闹事的公鸡，有麻雀，有黑脑袋乌鸦，有鲈鱼，还有一丁点儿大的甲虫。它们都在这儿，都挨在阿廖娜的身边了。

"爸爸，这些东西我都喜欢……"阿廖娜低声说，"这些东西我都喜欢。"

另外那一只眼睛闭上了，另外那一只耳朵也睡着了……

阿廖娜的床跟前，快活的春草绿了，花儿在微笑了。花儿真多啊：有淡青的，有粉的，有黄的，有蓝的，有红的。一棵绿色的小白桦树，对着床弯下腰来，那么亲热地不知道在低声说些什么。太阳照着，沙滩黄黄的，蓝蓝的海浪在喊阿廖娜到它那里去……

睡吧，阿廖娜，养养精神吧。

睡吧，睡吧，睡吧……